푸른 울타리

조 금 선 시집

국학자료원

마음의 문고리를 잡아당기며

초목이 우거져도
햇살이 따사해도
가슴속엔 몽글몽글 담아내고픈
다듬어 줄 세우지 못한 무엇이 늘 옥닥복닥 했습니다.
그 속엔 아버지께서 밥숟가락 위에 얹어주셨던 고기 한 점 사랑도
가마솥 일밥에 누른 누룽지를 장독에 말려 간식으로 주시던
어머니의 손길이 오롯이 자리 잡았습니다

사랑함으로
그리움으로
온통 마음에 눈물이 흐르는 시간들이
웃음으로 피어 주위에 가득했습니다.

다시 올 수 없는 기다림과 그리움을
주섬주섬 서툴게 줄 세워 보았습니다.

처음 발자국이라 삐뚤빼뚤함을 손잡아 주시고 격려해주신

채수영 교수님께 깊은 감사를 드리며

드러내 펼치지 못했던 부모님에 대한 사랑

가족에 대한 고마움과 미안함을 마음의 문고리로 살짝 잡아 당기며

귀한 인연으로 맺어진 모든 분들의 건강과 행운을 소망합니다.

2017년 7월

저자 삼가

차 례

제3부 초록 향연

제4부 가을 이야기

제5부 별빛

제6부 가고 싶은 길 [시조]

제7부 가을을 기다리며[시조]

제8부 산길에서[시조]

제9부 담쟁이 넝쿨 [시조]

제1부

푸른 울타리

고요

실비단 드리운 여운
시각을 날실삼아 직조를 한다

불빛아래 깊어가는
한 올 한 올 세월을
수 놓는다

가만가만 바람결에
봄밤의 연서를 쓴다

주어진 것의 아름다움
다가올 세계의 기다림을

마음

가볍게
주섬주섬

온기로 녹이는 마음
빈 공간 그득히

반질반질
훤언하게

돌아보아 빙그레
닦아보는 너

회상

아주 가끔은
뒤를 돌아본다

감나무꽃 실목걸이
찔레꽃향기

먼지 나던 신작로길
깔깔 웃음
안아보고 싶은 추억

날마다 키워지는
그리움 하나
스치는 기억들

민들레

햇살가득 바람가득 담고
세상의 언어로
동그라미를 펼쳐본다

호로록 하얀 날개를 달고
포슬포슬 유영을 한다

선거

아우성에
두둥실이다
서로서로들

왜 이제 내비추지?
그저 아리송
그 마음들을

이런 대접 얼마나 좋아?
구부린 인사로 율동하는 거리

햇살을 가려야 하나?
이슬처럼 사라질까봐…

아버지

이랴 이랴
고된 소리 들녘을 가르면
장단을 맞추던 산새

보습에 반사된 햇살
땀방울 송글송글
두럭 낮춘 물꼬
삽자루 사랑

들녘이 일렁일 때면
우러나는 진하고 진한 사랑

문득 문득 떠오르는
마음속 그리움
아버지!
아버지!!

봄

봉글임이
피네
꽃으로

꿈을
곱다라니
잉태하고는

흐드림이
지네
꽃비로

뉘를
간절토록
고대하고
기다리다가

5월의 향기

비틀거린 바람결에
춤추는
빤질한 잎새

흐벅진
웃음 송아리
가득한 설레임

섶벌의 날갯짓 따라
피어나는
희망의 세레나데

5월의 노래 · 1

- 봄비

당신이 불러준 노래
상큼했어요
밤새
차락차락 차라락

푸른 아우성으로
올록볼록

초로록
당글당글한
하모니

오월의 노래

5월의 노래 · 2

- 불두화

싱그런 바람에
발랑발랑 준비하는
하얀 무도회

고봉밥 얹어놓은
엄마의 사랑
어우렁 더우렁
송아리

고개숙인
동그라미
속살거림엔

쏠쏠한
세상향기
그득그득

푸른 울타리

- 개나리

파릇파릇
여린 순

옥닥복닥한 사연
햇발을 향해
키재기 합니다

노랗게
생긋
도란도란 푸른
울타리

오늘은 설지만
기댄 어깨
가슴으로 스미는
푸른 울타리

장미

꿈
봉오리
배시시 몸짓

이슬 머금어
빠알갛게
가져온 평온

웃음 만발한
속내
그리움의 향기
댕글댕글

제2부

그리움

그리움

커집니다
자꾸만

눌러도 고개 들어
가슴엔 파문이 일고

움켜쥐려 손 내밀면
주춤거림만 서성서성

보이지 않아 볼 수 없지만
응어리는 떠돌아
떠돌아 다시 자리 잡지요

밤비

사위四圍가
새근되는 시각

차락 착 차락 착착
우주의 기별이 찾아든다

*경경
말갛게 씻어라
씻겨 져라

시절아
귀띔이라도 해주렴

인연
거참 허망타

얄프디 얇게
기억은 바래어지고

볼고스름한
새살 도독도독
뽀야디 뽀얗게
돋아라

*경경 – 일상을 발가벗겨

바다

푸른 가르침을 주었어
내게
너 르 디 너르게 살아가라고

엷은 가르침을 주었어
네게
흐 르 디 흐르듯 살아가라고

하얀 가르침을 주었어
우리에게
어울려 더불어 살아가라고

하늘과 바다가 맞닿는
멀 리
저 멀 리
바라보는 마음

닮고 싶다
배우고 싶다

장미 향기

아름다운 향기로
드러낸 모습

벌들이
윙윙 토해내는
환상 교향악

한줌 바람이 스치면
향내와 자태가 어우러진
도도함으로

가슴속엔
파란 희망 가득하고

소낙비

우울한가보다
하늘이

넓은 세상 아우르느라
고단했나

햇살 숨죽여 외출한 새
속내를 쏟아놓고

우르릉 쾅쾅
역정소리
퍽도 무던한 하늘이
화내는 날이면

욕심내어
때리고 바꾸며 훼손하지 말라
불호령인가

단비

마음 담아
기다리는
간절한 바램

내리는 촉촉함이
드넓은 대지에
달달한 입맞춤으로

숨 고르는 젖줄이
키워내는
초록색 크로키

능소화

그리움
한데모아
기인 목
늘이면

단장한 다홍 매무새
배경색
쪽빛 하늘

다소곳한
유월 바람에

내려 놓으소서
세상시름

다가 오소서
진한 그리움

6월 예찬

나락들락 향기
폐부 속 성찬일제
차르르 꽃의 떨림
어머니의 가슴앓이

푸름에 젖어도
송두리째 드러나는
너른마음
주머니

따끈한 햇살에
말강말강 바랜 일상
차곡차곡
담아지고

아침 단상

유리창 너머
진주 빛 이슬
우주가 실눈을 뜨면

고요 속
생각들이
쭈
욱
기지개를 펴고

또록또록 피어나는
나팔꽃들
뽀얀 하루를
선사한다

희망을
잉태한 하루

하얀 아침의
선물

제3부

초록 향연

어머니 · 1

가슴 마름질
한 땀 한 땀
분홍색
갑사 한복

별모양의 *괴불에
마음까지 발그레
어린 시절

삼남매
바라지에
어머니 가슴은
바래져 옥양목

시나브로
야위셨어요
가볍고
하얗게

* 괴불−저고리 고름에 달았던 별모양의 술이 달린 자그마한 장식품

어머니 · 2

방안 가득
포근한 온기
그리움에 애달프고

가슴 섶 열어
주시던 정
쏠쏠히 다가서네

나지막히
일러주시던
그리움에

골 깊은
그 사랑
서려오는
초록바람

봉선화

햇발 가득
바람 살며시
온몸으로 살라

밤새
안았습니다 그대

열정을
담아 본 세상

떨리는
전율을 간직한 채
바라기 할 거예요

사랑을.......

자존심
- 평화 · 1

세우細雨
나린 연잎
동글 몽글
또록 똑 또로록 똑

웃음
다북다북
어깨기댄 싱그러움

바람 불어
세상사 흔들려도
푸르름 간직한
자존심

초록향연

― 평화 · 2

상큼 바람
소슬진
귀또리 울음

파리해진 별빛
두 눈에 모두오고

한 낮 태양에
아람진 여물림을
잉태하는 애밤송이

건들 팔월에
가득한 초록
향 연 장

어머니 회상

산 벚꽃 훤할 제
울음 삼키는 삼남매
어찌 두고 철쭉빛 길
가셨어요

산비둘기 울음 따라
하늘을 봐도
빛줄기 파름파름

바람결에
광목적삼 하늘이듯
눈가에 눈물 아슴아슴

웃으면 아리고
울면 저렸어도
감자 꽃
하얀 웃음
봉실하게

봉실하게

찔레꽃

내음 가득
머금은
달빛웃음

흐드러진
순수로
코끝 저린 향기

오명가명
설레임
그리움만 흐르고

여름날의 풍경

- 아버지 생각

뒤란 둔덕
옹기종기 앵두나무 밑

누룩 버무린 고두 밥
술 익는 항아리 속

뒷산 뻐뻐꾹 소리에
나른하게 졸리운 솔바람

취기 오른 앵두
빨갛게 익어갈 제

낮달도
사륵 스륵 깜빡 졸면

깨금발
살곰거리며
주전자
살짝 열고 동동주 담아낸다

여름날의 풍경

– 장미

올칵 그리움
토해낸 열정

성근 잎 사이로
아림 감춘 가시를 안고

담장 위
낮은 포복으로 엎드린 겸손

건듯 건듯
바람이 그리워

송홧가루에
보내는 기별 한 자락

장독대

− 어머니 사랑

짜랑짜랑
햇살 머리에

배 불뚝
엄마 손길 그득히 담아

곰삭히던
손 맛 된장 고추장

둘러앉은
두레반상 정성 따끈함

상추쌈
소복하니 구수한 정경

성호지星湖池 연꽃

호젓한 성호지
짜랑 햇발

후룩 바람에
수줍음도 없는
넓은 잎
느긋한 설렁임
속살을 보이누나

고아한 볼고스롬
꽃대 키우기까지
인고의 읊조림은
향기로 넘칠까

감춤 없이 흔들리는
교태가 대견하건만

설핏 흔들리고 싶은 마음은
인간뿐이 아닌 듯

여름 앓이

폭염만큼이나
마음 바삭바삭
콩이 튑니다

와르르 와르르
무너지는 가슴
아픕니다 파편에

기운차려
주섬주섬 거릴 때
느닷없는 송곳 하나

가슴으로
익는 사랑에 힘을 얻어
동여매는 주변자리

눈감고
가없는 파랑을 감지하니

미욱한 자신 탓임을

살다보면
거센 바람결이
어디 그대 가슴만 치리오

제4부

가을 이야기

노을길

하늘을 보노라면
발그레한 노을
물결로 일렁이고

파랑파랑
자죽자죽
여울지는 길을따라
두런두런 하늘
붉은빛 원을 그린

머언 곳
머물고 싶은
마음속 풍경화

일몰

봉우리 뒤편으로 걸친 얼굴
산허리 한 줌 미련이
작은 기침을 한다

한나절 종종걸음
세고 또 세며

춤사위로 풀어내는
하루일상을
실바람으로 잠재운다

가을비

젖어드는 어깨
촉촉한 가슴

마음 들어앉혀 어르고 달래
정리해야 할까
정리할까

한여름 사랑
몰래 감춘 채

사랑비 아우성이
분명해
확실해

가을비엔

님이 오신다

가녀림으로 차차곡
동그라미 속으로
그리는 그림

가로등 불빛에
사위四圍를 넘나들며
가뿐 숨을 몰아쉬는 은행잎

만추에 차락이며
오시는 손 시나브로 잡고

삶의 발걸음을
잠시 멈추고 중간점검 중

가을이 오는 길목

새초롬한
바람 각시 버선 발
치맛자락 여미우고
고운님 드리울 제

나명 들명
흐드러진 진수성찬
손모아 받쳐들고
청사초롱 불밝히리

기별

무덥던 그님 달래어 보내고
선선한 그녀 반가이 맞이하네
보내는 맘 이리저리 아쉬움에
반기는 맘 요리조리 펼쳐보네
정녕 그대 사랑이라면
풍요로움으로 담겠습니다
이 가을에~

가을

갈 볕에
공연 한마당

익을수록
고개 숙인 자태를

여물수록
내어주는 모양

싸 락 낱알
탕글 탕글

기름져
반질한
가을의 음성들

가을 강가에서

해거름
소슬 바람에

쑥부쟁이들의
일렁거림

평생 조연에도
단아한 웃음송이

강물엔 잔잔한
꽃내음

소박히
피고 지며
흔들리네
강바람에

가을 이야기

바람에
두 손 들고
무등을 타나 봅니다

연보랏빛
들국화
한들한들 춤사위
농익은

들판 여문소리
싸락거림에
참살이 농부들
덩 기덕 쿵덕
더 러 러 러 러
고요한 풍요

소망

가을볕 여물 듯
마음도 익어
조급없이 작은 여유로
보낼 수 있게 하소서

살다가 식은 마음
둥지를 틀 때
핫 옷 입혀
내안에 있게 하소서

가끔이 아닌
일상에
속으로 단내 나는
열매들 담뿍담뿍
열릴 수 있게 하소서

한가위

마음 발원이
도독도독 빛을 발하는
발그레 화장을 하고

머언 곳
보고픔이 부풀어
별무리 모두우고

풍요로운 고요와
소복한 일상이
두리둥실 떠오르네

제5부

별빛

별빛

홀로 빛을 사르는 가을 밤
하얀 조각별
부모님 계신 나라의
떨리는 사연인 듯

한소끔
쏟아지는 별빛아래
멍하니 그려보는 목마른 기별

사무침이
한 겹 두 겹 포개지면
새벽 찬이슬로 젖어드네

여지餘地

부풀린
안쪽 깊숙한 곳에
넣고 싶은 그대

가끔은
노곤해
맥박이 느려질 즈음
화ㅡ한 향기로
맴돌았을 것 같은

단단한 마음 언저리
정갈함 담아
채우고 싶은

단풍

둘숨 날숨
풋풋했던 날

스치는
바람결엔
도도한 선율로 인사를 했던
아삼삼한 기억

부끄럼에
앞섶을 발갛게 물들이고
초록치마 뒤태
매무새

황금햇살
학예회 준비로
두 둥 덩 기
가을날의 잔치

뻥튀기

허수아비 춤사래에
구름 한 조각의 유영

점심 반주로 취기 오른 단풍잎은
소슬 바람에 흥이 나고

갈 볕 따스한 창가의 담소에
오색 풍선이 하늘로 오릅니다

눈빛으로 영근 시심詩心이
찰찰찰 여문 낱알의 변신

뻥 뻥 뻥
뻥이요

독백獨白

– 허수아비를 보고

언제 부터인지
서러움 바람에 자죽이면
기인 팔 휘적이며 외로움을
삼킨다

어느 곳에 눈길을 주어도
호올로

휘둥그런 눈 슬픔이 그득
헐렁한 모자 찬기만 가득

힘 다한 역할에
식은 손길 내려놓고

기억하리라
뜨거웠던 사랑을

기약하리라
또 다른 역할

낙엽

찬비의 누름

나무 밑에
찰찰찰 펼친 원앙침

나목 사이의 햇살이
대지 위를 사알살
세상사 에둘러 다독여

포곤포곤
한 필의 비단을 직조한다

가을을 보내며

낮은 휘장 드리운
하늘가

산모롱이 비켜 돌아
눈을 감은
나목들

뒷짐 진 채
오솔거리는
몸짓의 떨림

별빛보다 고운 세상
영글어 차곡차곡

알락달락했던
기억들 덩그라니 저편으로

회상 · 2

겨울 한낮
영근 기억 바람결에 건듯

새벽공기 알싸함은
까치집에 연서로 배달되고

희망은
쌀독처럼 봉긋이 올라올 때

두레반상 둘러앉은
밥상머리 찰진 온기

긴 겨울 처마밑에 매달린
무―청이 그립다

동면冬眠

까무룩
천지가 잠잠 합니다

기다림은
별 밝은 꿈이라
고요 속에 맡겨두고

두려움은
잊어버리는 것에 대한
조용한 배웅으로 자리 합니다

지금의
한기寒氣가 고통苦痛이라면

내일의
따스함은 설레임으로 맞으렵니다

가을들녘

앞만 보고
가는 세월
이고진 무게

잘잘못 머리 숙이고
겸손을 배우며
굽어지는 송아리들

스쳐 간 지난 세월
얼기설기 엮어
가슴에 품은 모정인 양
다락다락 영그는
알곡들

제6부

가고 싶은 길 [시조]

새싹

숨죽여 속삭였던 자그만 밀어들이
따순빛 작은홀림 수줍어 올망졸망
연초록 행진곡으로 화사한 풀꽃잔치

4월의 아픔

— 세월호

아픔에 우는소리 온세상 들썩인다
비맞은 꽃물결 웅크린 작은 영혼들
가엾은 피빛 잉크로 출력하는 부끄러움

가고 싶은 길

발그레 웃는 모습 선연히 그려보고
어린봄 교향악은 은은한 선율임을
엄마 거친 손등은 고마운 길라잡이

봄이 오는 길

연두빛 움틔움은 남녘의 소식이여
마음밭 갈아엎은 이랑길 바람따라
버선발 호들갑으로 누려보는 호사길

첫인사

설레임 올록볼록 한컨에 잠재우고
새로움 품어내는 샘물같은 마음한컨
양지녘 밝은햇살로 봄맞이 희망발아

얼굴

내안의 동그라미 느긋이 밀어올려
세월을 얼기설기 오름내림 달음박질
결고운 화선지에다 그리고픈 수채화

봄맞이 · 1

긴추위 끝여울의 고단한 여정길을
쪽마루 금빛으로 한웅큼 엮어주면
어머니 젖가슴인가 포근한 선물이네

봄맞이 · 2

햇살이
사락이는
뜨락에
쿨럭쿨럭

다가선
감기몸살
무겁고
뜨끈뜨끈

포슬한
흙의 떨림도
파르르한
몸살기

봄맞이 · 3

노오란
생강꽃
바람 내음
햇살 가득

겨우내
속살 울음
묵묵히
참아내며

눈웃음
생글거리는
정갈한
손님맞이

봄맞이 · 4
— 목련의 개화를 보면서

화안히
짓는 웃음
봄볕에
영글고

온 세상
활기차게
도도함
만발할 제

멋드런
외출준비로
파랑파랑
휘파람을

희망

– 양파의 싹틔움

주황색
얽음 망 속
기대어 선
둥글 가족

구부러진
허리 짚어
살곰히
고개들고

제 몸을
말갛게 말갛게
몸 사르는
모성애

바램

연초록
탱글 탱글
상큼한
봄의 왈츠

속잎 피워
꽃등 달아
웃는 맘
흐르리하르리

신나는
희망 두드림
온천지에
화알짝

나팔꽃

얼굴에
이슬방울 촘촘히
단장하고

온몸을
돌려가며 세상을
바라볼제

이웃을
추스려보는 밝은세상
보랏빛

제7부

가을을 기다리며 [시조]

가을을 기다리며

진초록
무성함이 탱탱글
영글어서

화사한
가을빛에 국화향
만발할 제

야무진
알곡결실에 풍요로운
눈동자

삶

잊는 게 상책이라
쓱 지우던 눈물 자죽

달빛 아래 주저앉혀
어르고 달랜 시간

무심한 눈물염주로
국화꽃에 방울방울

한가위 색동옷

색동옷
귀볼 달고 나붓이
드나들 때

달달한
*옥춘사탕 침고인
그리운 맛

애타던
어머니 마음 꽃등으로
불밝히네

* 옥춘사탕—차례상이나 젯상에 올려졌던 동그란 모양의 빨간 줄과
      흰줄로 난 사탕

부추꽃

하얗게
웃는 얼굴 노란점
단장하고

다소곳
소복소복 바람에
하늘하늘

함빡인
들숨날숨에 고고한
바람결만

추야秋夜 · 1

바람결 선득하니 귀또리
울어예고

눈썹달 새초롬히 물결에
살랑댄다

넘기던 책갈피속엔 여음만
속살대고

잠꼬리 잘라내어 초롱초롱
눈망울에

창 너머 새벽별은 기억을
더듬더듬

동틀녘 차오름으로 맞이하는
뽀얀 새 날

추야秋夜 · 2

차오른
달덩이에 화엽은
파리하고

풀버레
선율 속에 별빛은
함초롬히

괜시리 먹먹한 마음 펼쳐놓고
다독다독

노오란
달맞이꽃 달빛에
눈 맞추고

기나긴
여정 따라 우주를
에둘러서

별빛을

살라내느라 밤바람

베어무네

추야秋夜 · 3

갈바람
서걱부니 만물이
다정이라

서늘빛
바탕위에 펼쳐놓은
별무리는

동화 속
향연장으로 흐벅진
초대장을

가을향
입맞추려 얼굴엔
만면희색

가변무대
설치하고 별밤을
오롯세니

세상사
펼치고 널어 진득한
밤의 향연

추야秋夜 · 4

별빛을
잔에 담아
일상을 마셔본다

어제는
요란법석
오늘은 휴전협정

새색시
옷고름 풀듯
별빛잔은 발그레타

추야秋夜 · 5

먼발치에 서성이는
포름한 달빛자욱

유리창 너머에서
나직히 바라보면

아늑한 고향의 정경
어렴풋이 그려지고

풀벌레 선율따라
실바람 너울대면

잠잠하던 기억이
슬픗슬픗 스쳐가는

찬이슬 알싸한 감촉
톡톡톡 굴러간다

가을 · 1

선들한
기운도는 햇발내린
들녘엔

태고의
전설들이 속알차게
영글고

황금빛
잉태하느라 속내가
다글다글

건듯 부는
갈바람에 국화향
은은하니

햇사레
비추이던 금빛깔
인연들이

탱탱글
야무러지게 익어가는
가을내음

제8부

산길에서 [시조]

만추

갈 햇살
들킨 마음
발그레한 모습으로

내친 김에
홍등 걸고
뭇 사람 소매잡네

소매는
잡을지라도
마음일랑 놔 두이소

가을 · 2

가득함
토실하게 쌍동밤
품에 안고

반반짝
바알갛게 야무진
여물임은

서성인
가을햇살에 나이테
그은 흔적

소박한
소망 담아 풀어보는
쪽빛 물감

잠자리
빙글임에 꽃멀미
코스모스

흔들린

초점 따라서 아롱지는

그리움

가을 · 3

가을들녘
사락사 바람결에
살랑임

알곡들은
저마다 학예회가
흥겹고

애틋한
농부들 땀은 전설처럼
번졌네

가없는
푸른하늘 홀연히
올려보다

송뭉치
얇다랗게 너른이불
팔베개

세상사

옥닥복닥함 포근포근

잠재우고

가을비

새벽녘
고요함에
또록이는
안부는

속적삼에
스며들듯
화심속
맺은 정한

용트림
서늘한 눈매
봇짐지고
오는 님

그대 맘
잡아보려
볼 붉게
웃었더니

산야에
슬그머니
계면쩍은
햇살이

오지게
튼실튼실한
알곡을
선사하네

가을 풍경

발그레
그리움은
사박사박 다가서고

잎새들
나부댐은
볼 부벼 빠알간데

호숫가
실버들 잎은 나른하게
춤사래를

성하의
푸르름을
뒤돌아 반추하며

억새풀
보드람에
눈길이 머물다가

호로록

발자욱 떼는

아련해진 생각들

개기월식

까만밤
서늘함에 사르라니
외로움은

엄마품속
점점 더 꼭꼭 숨는
숨바꼭질

삼 년여
시간동안에 오늘만
헤아렸네

술래는
물끄러미 한동안
고개 젖혀

서늘한
밤공기에 눈동자
또록이며

애절한

달빛 소나타 두둥실

불러본다

가을 산

바람결 소롯함에
만엽은
곱디 곱고

조붓한 오솔길에
소박한
들국화가

조곤히 한들거리며
춤추는
고운 자태

엷다란 노오람에
불현 듯
아까워라

성하의 진초록은
뉘가사
어이하고

빛바랜 잎새자루의
속살은
허허롭네

계곡 옆 차르르히
흐르는
천연 약수

바가지 가득 담아
하늘을
비추일 제

바람을 닮고 물 닮아
허허 실실
낮추임

산길에서 · 1

익어가는
불볕에 숨죽인
초록물결

떡갈나무
어깨위에 늘어진
솔바람이

춤사래
나붓나붓이 연주하는
향연장

산길에서 · 2

진초록
파도타기 깍지 낀
초록가지

두둥실
부는 바람 신나는
춤곡 선율

손 번쩍
어깨춤으로
오순도순 오솔길

산길에서 · 3

휘파람
초록내음
한 떨기 길섶 풀꽃

꽃물결
한들임에
달구어진 햇살사랑

여미어
남실거리는
흐드러진 오롯함

한글날

우리말 창제되어
    반포에 서린정기

의사소통 으뜸에
    일등공신 소리글자

천 지 인 우주원리로
    널리 쓰고 아끼리라

아햇글 간데없고
    세상의 으뜸이니

창조력 초 중 종성
    뉘가사 따를손가

민족적 가온누리 글
    길이길이 빛낼지고

구인사 템플 스테이

소백산
골짝에는 신 새벽
법문소리

앞뜰의
나무들은 마음 낮춰
합장하고

쌍수를
공손히 잡고 되돌아 본
마음자리

싸아한
새벽바람 종소리
울려질 때

새벽별은
처연토록 명상에

고개 묻고

뽀얗게
마음을 우려
공양을 올리우리

제9부

담쟁이 넝쿨 [시조]

추억 · 1

포름한
달빛아래 얼굴 하얀
그리움

무명치마
헤질 듯 하작하작
서러워라

서릿발
차가움으로 옹근 박
열고 지고

김치 냉장고 청소를 하며

해지난
시간이
차곡이 웅크려

귀퉁이
하얀 성에
기둥을 각 세우고

칼칼한
김치맛에는
옹골진 기다림이

무던함
소매 걷어
한바탕 닦음질에

가끔은
이유없이

무심했단 고백에

마음의
보관함 마저
쓸고 닦아 시원타

추억 · 2

서릿발에
젖은 눈매 아삼아삼
저려오면

초가지붕
호젓함이 섧도록
딩굴어라

나붓한
애박이로다 다져짐이
대견하고

박꽃

가는 사紗
겹겹으로 손잡은
수 월 래

함초롬히
별빛을 사르고
바래어서

아련함
궁글려 피운 한소끔
희미한 연심

담쟁이 넝쿨

빨간 벽돌
절벽을 손톱 세워
부여잡고

세월의
서러움은 사치라
개켜둔 채

희망을
모지락스레 햇볕으로
담금질

겨울 문턱에서

찬바람
횅하니 가슴속
파문일고

서러운
눈물방울 햇살에
반짝이니

따슨 손
부벼대어서 어루어
보듬보듬

설야雪夜

사운사운 나래로
솔잎 송송 에워싸고

도닥도닥 도닥이며
은빛 꽃잎 웃음 질 때

은근한 입맞춤으로
피어나는 눈꽃사랑

삶 · 2

청아한
하늘빛에 솔바람
불어오면

술익는
미열에도 세월이
그득하고

쌉쌀한
기억이거든 체로 걸러
내리리

눈 오는 밤

포근 사근 쌓여가네
세상은 숨바꼭질

외로운 추위일랑
다독여 주춤한데

가슴에 품은 꿈들도
간절히 조심조심

남한강 연가

골골의 가득 사연
멈춘듯이 어깨동무

물결 속 잠깐 졸음
휘감아라 푸른 사연

말갛게 흐르는 시간
긴 울림 짧은 동요動謠*

작품해설

서정성의 조화와 상상의 결합

채수영

(시인, 문학비평가, 문학박사)

1. 프롤로그-마음의 풍경화 그리기

시가 무엇인가를 물으면 이미 시는 저만큼 멀리 달아난다. 그렇다고 시가 무엇인가를 묻지 않으면 다시 시는 미궁의 깊이에서 서성이는 이름으로 산다. 시는 항상 살아있고 생명의 호흡을 날마다 호소하지만 사람은 이를 어떻게 해석하는가의 여부에 따라 시의 표정은 달라진다. 그렇다면 시는 불변의 진리를 말하는 스피커가 아니라 인간의 마음속에서 가장 진솔하거나 순수하고 깨끗한 마음의 자락을 펼칠 때, 세상을 향하여 진리에 대한 표정을 관리한다. 그렇다고 시는 진리만을 강조하는 교훈이 아니라 인간의 애환에 대한 조언을 멈출 것을 암시하지 않는다. 때로는 삶의 전면에서 용감한 투사의 호기를 부리기도하고 더러는 아픔을 위로하는 진정성의 말에 가슴을 치기고 한다. 결국 시는 삶의 곁에 있을 때, 시의 역할과 효용은 임무를 다한다.

한 사람 시인의 시집은 결국 앞에서 말한 인간이 만드는 표정의 전부를 시적으로 나타내는 기교이고 이를 어떻게 받아들이는 가는 독자 감수성의 정도에 따라 시의 등급은 길을 만들게 된다. 명품名品—탄생에서 명품은 없다. 오로지 스스로가 만드는 여부에 따른 이름이 명품일 뿐이다. 다시 말해서 누가 주는 명칭이 아니라 스스로가 명품이냐 아니냐를 구분하는 길이 만들어진다는 뜻이다. 첫 시집을 상재上梓하는 조금선 시인은 여린 감수성과 순수하고 깨끗한 정서의 숲이 아늑하다. 그의 시를 바라보면 따스함이 햇살 같고 깊이가 푸르다. 이제 그의 첫 시집 《푸른 울타리》의 싱그러움에 취할 일이 앞에 있다.

조금선의 시는 싱그럽다는 말에 집약된다. 너스레의 말을 버리고 오로지 시적인 정신이 담겨진 집약성의 언어가 맛깔스럽고 순수함에서 매우 인상적인 진로를 보여준다.

자유시와 정형시를 따로 구분할 필요는 없을지 모른다. 자유스런 정서의 나열이 시가 될 수도 있고 또 정형의 일정한 형식에 내용을 담는 방법의 차이는 있을지 모르지만 시라는 범주에서는 굳이 엄격히 구분의 칸막이가 필요할까라는 것도 사실이다. 문제는 읽어 감동을 준다면 어떤 것이든 시의 맛은 화려한 감동이기 때문이다.

조금선의 시에 자유시든 정형시든 모두 언어의 절제에 따른 탄력이 서성정의 핵심에 접근하고 있다. 결국 독자는 한 시집에서 자유시의 특성과 시조—정형시의 특징을 동시에 감상하는 기회가 비교로 전개될 것이다.

2. 숲의 향기는 어디서 오는가

1) 정서의 특질

시의 구성은 일단 시인의 정서가 이미지로 형상화할 때, 이미지의 구축에는 설계로의 얼개가 만들어지고 여기서 시인의 의도가 진로를 찾아간다. 이때 한 편의 시는 시인 자신의 표정이고 사상을 나타내는 시인의 모든 정신이 집약적으로 나타난다. 다시 말해서 시는 곧 응축凝縮이라는 언어의 절약과 그 탄력으로 튕겨 오르는 리듬의 연주가 된다. 이것저것 섞어서 만드는 잡다한 것이 아니라 정제整齊되고 질서 있는 풍경화 혹은 치밀한 구도 속에 언어의 탄력이 튕겨지는 이미지의 숲을 만들어야 한다면 조금선의 시는 그런 요구에 적절히 부응하는 시가 숲을 푸르게 이루고 있다.

　　　가볍게
　　　주섬주섬

　　　온기로 녹이는 마음
　　　빈 공간 그득히

　　　반질반질
　　　휘언하게

　　　돌아보아 빙그레
　　　닦아보는 너

　　　　　　　　　　　　　－「마음」전문

시의 특징을 토운Tone이라 말한다. 여기엔 시적 장치와 특징을 모두 담아서 말하는 총체적인 의미를 말한다. 다시 말해서 단편적인 특징이 아니라 종합적인 어조, 소리, 음조, 신호 등으로 해석되지만 시에서는 부드러우냐 아니면 딱딱하냐 혹은 냉정한가 또는 직선적인가 등을 의미하면서 한가지의 방향만을 지칭하지는 않는다. I.A Richards는 의미와 감정, 의도와 더불어 시의 총체적인 의미라 했고, 르네 웨렉과 윔셸은 '내적형식'이라는 말로 구분했으니 한 가지로 특징을 요약하는 것은 무의미하지만 시의 총체적인 것을 말한다는 것은 틀림없는 사실이다. 이는 시의 '목소리' 즉 화자의 목소리를 의미할 때 곧 화자의 어떤 특성이 나타나는 가의 문제를 지칭하는 것이라 달리도 말한다.

'마음'을 나타내는 방법은 산문적인 장광설도 있고 또 단순하면서 명쾌한 선적禪寂인 고요의 방법이 있다면 조금선의 정서는 후자에서 그의 시적 특성이 집약된다. 시의 중심언어는 '마음'이다. '가볍게'와 '주섬주섬'을 모아 '빈 공간을 그득히' 채우는 시인의 마음─시적 화자는 시인 자신이다. 더불어 '반질반질'과 '휘언하게'의 결합에서 어둠이 없고, 밝고 환한 경치가 눈앞에 펼쳐진다. 그리고 '빙그레'의 표정에서 조금선의 정신이 들어있어 밝고 투명하고 구김살 없는 정서의 유로流路가 아름다움을 인상으로 남긴다. 시<마음>은 도합 40여 글자로 구성된 이미지가 여러 개의 갈래로 파생하는 기교는 조금선의 시적 능력을 뜻하는 안도감이 된다. 나는 이런 특징을 눈여겨서 시집을 출간하라는 조언을 했던 이유가 여기에 있다.

하늘을 보노라면
발그레한 노을
물결로 일렁이고

파랑파랑
자죽자죽
여울지는 길을 따라
두런두런 하늘
붉은 빛 원을 그린

머언 곳
머물고 싶은
마음속 풍경화

－「노을 길」전문

   시는 시인의 마음을 그림으로 그리는 풍경화—이때 시의 특성 중에 하나인 회화 즉 phanopoeia를 대입할 수 있을 것이다. 시를 읽어 그림을 연상하는 일은 의미와 리듬과 3대 요소라는 점에서 필수적인 이미지 구축술이다. '노을이 물결로 일렁이는' 연상은 고요와 더불어 따라오는 소리의 겹침이 연상 작용으로 이어진다. 또한 <노을 길>의 가장 백미격인 '파랑파랑과 자죽자죽'에서 언어의 특징이 한몫으로 드러난다. 이런 언어의 감수성을 터득한 조금선의 시적 능력은 감각적인 언어에 탄력을 싱그러움으로 살아나게 하는 요소가 된다, 흔히 서정시의 특정을 말하면 자아와 세계의 일체화를 이룩하는 방법론과 주관이나 객관 또는 이성과 감정이 하나로 통합되는 서정적인 자아의 확립을 모토로 나아가는 정서에는 유연한 감성이 파도를 일렁이게 만든다.

화가마다 노을을 그리는 경우는 많을 것이다. 그러나 탐내고 싶고, 갖고 싶은—자기 집 벽에 걸어놓고 싶은 <노을 길>은 많지 않을 것이다. 이는 개성이 들어 있는 작품일 때 탐내는 그림으로 다가들기 때문이라면 조금선의 노을은 아름답다.

2) 아버지 그리고 어머니의 회상

모든 나무에는 줄기가 있고 뿌리 혹은 잎을 가지고 있다. 이는 근본의 바탕위에서 자기존재의 근거가 시작되는 의미이고 여기서 영역을 넓히는 일이 삶의 본질로 이해를 갖게 된다면 뿌리는 곧 부모이면서 줄기에서 여러 갈래의 형제자매를 형성하면서 자손을 번창하는 길이 열리게 된다. 이는 모든 생명체의 근본이 인간의 비유와 똑 같다는데서 존재의 본질은 일치한다. 부모는 자식을 위해 자기를 버리고 오로지 자식만을 위한 지향점이 동물이나 심지어 식물의 경우도 다름이 없을 것이다.

조금선의 시에 어머니의 시화詩化는 <장독대> 그리고 <어머니 1~3>의 시에 절절함을 담고 있다. 반면에 아버지도 거의 비슷한 이미지군을 형성하고 있다. <여름밤의 풍경>,<아버지>에는 농촌의 삶을 지탱해온 아버지의 튼튼한 울타리요 기둥인 모습이 든든하고 아름답다.

가슴 마름질
한땀 한땀

분홍색
갑사한복

별모양의 괴불에
마음까지 발그레
어린 시절

삼남매
바라지에
어머니 가슴은
바래져 옥양목

시나브로
야위셨어요
가볍고
하얗게

－「어머니·1」전문

　자상하고 현숙한 모습의 어머니가 떠오른다. 삼남매를 뒷바라
지하던 어머니의 일념이 '바래져 옥양목'의 은유에서는 눈물 깊은
정이 흘러넘친다. 아마도 옥양목의 흰빛은 색채의 변화처럼 오랜
시간의 의미가 숨어있고 따르는 정성이 보인다. 오로지 헌신이었
고 자식들만을 위한 희생의 눈물길이 스며있다. 이제 넉넉히 돌아
보는 나이의 시인의 마음은 어머니의 정성이 얼마나 크고 우람한
가를 깨닫는데서 '시나브로/야위셨어요/가볍고/하얗게'라는 변화
의 모습을 아픔으로 응시하는 마음의 시인의 애달픈 정감으로 나

타난다. 무게가 줄어 '가볍게' 그리고 시간의 변화의 '하얗게'의 두 단어에는 삶의 애환을 넘어 목마른 부모의 모습이 차라리 슬프게 보여 진다.

바람에 펄렁이는 흰 옥양목의 모습이나 '한 땀 한 땀'의 정성을 모아 분홍색 갑사 한복 장식의 괴불의 대비에는 얼마나 정성으로 키웠던가를 회상하는 딸의 모습 또한 아름답다.

> 산 벚꽃 환할 제
> 울음 삼키는 삼남매
> 어찌 두고 철쭉 빛 길
> 가셨어요?
>
> 산비둘기 울음 따라
> 하늘을 봐도
> 빛줄기 파름파름
>
> 바람결에
> 광목적삼 하늘이듯
> 눈가에 눈물 아슴아슴
>
> ― 「어머니 · 3」에서

부모의 부재不在에서부터 큰 자리를 실감하고 거기서 아픔의 길을 되짚어가는 자식의 마음이 부모의 애정으로 귀환하려한다. 다시 말해서 부재不在의 공간에서 부모의 크기가 얼마나 우람하고 거대한 산이었던가를 깨달으면 이미 어머니는 산으로 가셨다는 회상이다.

조금선의 시에 비유는 생동감과 탄력이 좋은 시를 생산할 수 있는 여지가 많다. 이는 꾸미는 언어가 아니라 자연스레 나오는 듯한 유동성의 언어를 구사하는 점에서 남다르다는 뜻— '파름파름'이나 '아슴아슴' ' 봉실하게/봉실하게'등을 구사하는 질감質感의 언어 묘미는 싱싱하고 생동을 주는 요소로 작동되는 것은 비단 한 편의 시에서만 발견되는 것이 아니라 조시인의 모든 시에 공통의 출현일 때 반갑다. 다시 말해서 언어 감각이 남다른 이유가 내장되어서 시의 묘미를 발산한다는 뜻이다.

　농부의 아버지는 땀과 정성으로 노동의 하루를 짊어지고 식솔食率들의 울타리가 된다. 이때 막걸리 한 잔의 의미는 가슴을 적셔주는 위로의 물길이자 다시 에너지를 충전하는 '시원함'을 생산하는 길을 만들어주는 촉매의 역할이 되었을 것이다. 가양주이거나 양조된 술이거나 막걸리는 민족의 애환을 이끌어온 술— 사실 허기를 채워지는 대상이었고 휴식의 위로를 주는 이미지의 음료였던 이름이다.

　　　뒤란 둔덕
　　　옹기종기 앵두나무 밑

　　　누룩 버무린 고두 밥
　　　술 익는 항아리 속

　　　뒷산 뻐뻐꾹 소리에
　　　나른하게 졸리운 솔바람

……생략……

깨금발
살곰거리며
주전자
살짝 열고 동동주 담아낸다
　　　　　－「여름날의 풍경－아버지 생각」에서

'취기 오른 앵두'와 '나른하게 졸리운 솔바람' 낮달이 '사륵 사륵 깜박 졸면'의 묘사는 신선하다. 술 익어가는 빛깔의 앵두와 나른하게 졸린 솔바람의 청량감은 술이 맛으로 다가드는 미각의 자극을 주고 있다. 아울러 아버지의 명령을 따르는 발걸음－'살곰거리는' 묘사의 '깨금발'의 어린 모습의 풍경이 그림을 연상하게 한다. 나른한 여름날의 풀어진 이미지가 아니라 깨금발과 살곰의 뜻을 첨가하면 여름이 신선하고 약동하는 에너지를 충전하는 이미지로 시의 길이 산뜻해진다.

보습에 반사된 햇살
땀방울 송글송글 두럭 낮춘 물꼬
삽자루 사랑

들녘이 일렁일 때면
우러나는 진하고 진한 사랑

문득 문득 떠오르는
마음속 그리움

아버지! 아버지!

─「아버지」에서

이른 새벽이면 농부는 으레 뒷짐에 삽자루를 들고 물꼬를 보러 논으로 나가는 일상으로 노동의 시작이 여명을 깨운다. 벼가 자라는 소리에 안도감을 갖고 다듬고 바라보는 눈빛에 사랑이 담겨질 때 벼가 자라는 것이 아니라 가족의 행복이 자라는 의미가 될 것이다. 온통 두 어깨로 짊어진 아버지의 정성은 오로지 가족을 위한 사랑일 때, 무언가 대가를 바라는 것과는 전혀 다른 진솔한 사랑뿐일 것이다. 이런 마음을 이제 헤아린 시인의 마음에 탄식의 '아버지! 아버지!'의 탄식에는 효심의 길―일찍 깨닫지 못했던 후회와 아픔이 터져 나오는 비탄이 외려 안도감을 주는 이유는 이미 부모의 마음 근처에 온 자식의 나이에서의 깨달음도 거들고 있기 때문이다. 사실 자식을 키우면 그때부터 무심으로 대했던 부모의 마음 근처에서 후회와 탄식이 실감을 자극한다면 조금선의 마음은 넉넉한 깨달음이 건강하다.

3) 물의 이미지

시인의 정신은 일정한 수로를 갖고 관심을 집중하면 그것이 곧 시인의 시적 특징으로 자리 잡는다. 이는 환경적인 요소도 있고 살아가면서 느낀 지향점과 상관이 있을 것이다. 다시 말해서 도시에서 성장한 사람의 정서와 전원에서 자란 사람의 정서에는 현격한 의식의 차이가 있다. 드라이하고 칼칼한 정서는 도시적인 사고

이라면 부드럽고 산뜻함을 부추기는 정서는 환경이 전원의 사고 – 풀내음이나 꽃향기가 스며있고 산자락에 저녁 풍경이 그려지는 유연함이 특징으로 나타난다. 조금선은 후자에서 오로지 정서의 중심이 모아져 있다. 이는 그의 시에 담겨진 정서의 줄기가 물기로 스며있는 심리적인 안정감의 근거를 의미한다.

봄비를 노래하는 <오월의 비>,<소낙비>,<단비>,<가을비에는>,<가을비1.2>,<가을 강가에서>,<바다> 등은 물기 많은 시인의 정서를 의미한다.

> 마음 담아
> 기다리는
> 간절한 바램
>
> 내리는 촉촉함이
> 드넓은 대지에
> 달달한 입맞춤으로
>
> 숨 고르는 젖줄이
> 키워내는
> 초록색 크로키
>
> – 「단비」 전문

경결硬結한 보석은 돌조각의 굳음일 뿐이다. 비유를 들자면 숨 넘어가는 갈증과 타들어가는 목마름의 사막에서 비싸다는 다이야몬드가 무슨 역할을 할 것인가? 절대 절명의 경각頃刻의 순간에서 한 모금의 물은 그야말로 형언할 수없는 생명수이자 보석이라는 말이 합당할 것이다. 가뭄이 길게 이어질 때, 새벽이슬로 맺힌 물방울은 풀잎에 달디 단 음료이면서 생명을 연장하는 보석의 의미보다 더 깊은 가치를 주는 의미가 물방울일 것이다. 이 경우 물 한 방울과 다이아몬드와 교환할 수 없는 가치의 고귀함이 물이라는 뜻이 강조된다. <단비>에 달다는 뜻은 곧 처절함을 구원하는 뜻으로 이해될 때, 영혼을 깨우는 가치로 환산된다는 물의 이미지다. 조금선 시의 물에 대한 사고는 이런 정서를 이해하는 환경에서 자란 이유로 물의 이미지를 이해해야 할 것 같다.

젖어드는 어깨
촉촉한 가슴

마음 들어앉혀 어르고 달래
정리해야 할까
정리할까

한여름 사랑
물래 감춘 채

사랑비 아우성이
분명해
확실해

–「가을비」 전문

가을비는 때로 조근조근 보다도 구시월도지기와 같이 우레와 천둥을 동반한 요란을 가져올 경우는 패연霈然의 상처처럼 흔

적을 남기지만, 대부분 사근사근 촉촉이 내리는 경우가 많을 것이다.'촉촉한 가슴'으로 젖어드는 물기는 사랑의 길을 내는 상징의 의상衣裳을 입는다. 이는 화려함이기보다는 진솔함과 단아함을 부추기는 연상이 떠오른다. 조시인의 시는 단아함에서 고아古雅함에 예스럽다는 편이 좋을 것이다. '한여름 사랑'이 '분명해/확실해'의 단언에서 가을비는 가슴으로 젖어 스미는 사랑의 상징을 높이고 있음이기 때문이다. 물기의 역할이 가슴을 적시고 다시 사랑의 넓이로 공간은 꾸미는 시인의 기교가 느껴진다.

4) 계절의 변화와 의식의 변화

미국의 여류시인 Amy Lowell은 "시가 어떻게 만들어지는가?"의 질문에 나의 본능적인 대답은 "모른다"라고 말했다. 아주 정확한 답안이다. 왜냐하면 "사람이 무엇인가"라는 질문에 철학은 수많은 말을 하지만 결국 모른다는 언저리를 배회하는 일이기 때문이다.

시는 살아있는 사람이 쓰는 글이고 또 죽어지면 시인의 시는 출현하지 않을 때, 존재의 문제를 풀어내는 길 만들기일 뿐이다. 다시 말해서 살아있기 때문에 변화가 있고 이 변화에 걸맞은 시적 풍경이 나타난다는 뜻이다. 봄을 살았기 때문에 봄날의 이미지가 시로 환치換置되고 거기에 생명이 약동하거나 가을이면 시들어 생명의 보존을 위한 낙엽의 길이 열리는 이치를 대입하면 쉽게 이해할 수 있기 때문이다.

A) 봄의 이미지

N.Frye의 원형비평에서 봄날은 희극, 여름은 로맨스, 가을은 비극, 겨울은 아이러니와 풍자라고 분류했다. 4계절 중에서 희극의 봄날은 생명의 시작이 암시되고 여름은 전개요 가을은 다시 움츠러드는 준비 그리고 겨울은 생명의 보지保持를 위해 잎을 떨어트리고 숨죽이는 길을 걸어간다. 뿌리를 살리기 위해 앙상한 독목(禿木)으로의 운명을 감내하면서 봄이면 다시 싹을 틔우는 순환의 길이 이어진다. 이는 우주의 질서일 뿐 인간이나 어떤 것도 간섭할 수없는 오로지 우주 질서의 개념일 뿐이다.

봉글임이
피네
꽃으로

꿈을
곱다라니
잉태하고는

흐드림이
지네
꽃비로

뉘를
간절토록
고대하고
기다리다가

－「봄」전문

봄의 상징이 곱게 드러났다. 감정 절제와 축약된 언어의 운용이 아주 깔끔하다. 꽃으로 피는 기다림에서 잉태의 뜻이 펼쳐지는 '꽃비'에서 전환의 운명을 불러들이고 '고대하고/기다리다가'의 전개가 아주 적절한 비유로 장치를 마련했다. 다시 말해서 자아와 대상이 밀접하게 일체화를 이루면서 간격과 틈새를 최대한 차단하는 기교가 시의 미적 감각과 자연의 조화에 일체로의 완전성을 구축하고 있다는 뜻이다.

> 노랗게
> 생긋
> 도란도란 푸른
> 울타리
>
> 오늘은 설지만
> 기댄 어깨
> 가슴으로 스미는
> 푸른 울타리
>
> ─「푸른 울타리─개나리」에서

'파릇파릇'은 최초의 시작을 의미하고 '옥닥복닥한 사연'은 이제 개화의 풍경으로 열리는 분주한 상징이 노란색으로 변화를 가져오면 봄은 이미 향기로 세상을 장악하는 처지가 될 것이다. 누가 봄을 불러서 왔는가? 아니다. 이 경우 동양의 철학은 간명하게 논리화한다. 공자가 말한 余欲無言이나 주역周易에 天行健 君子以自强不息은 자연의 질서는 누가 간섭해서 오는 것이 아니라는 뜻이다. 봄이면 생명이 약동하고 꽃이 피고 여름이면 다시 변화하는 질서의 따름이 곧 자연－자연의 질서에 순응하는 것이 인간의 길이라는 강조가 된다. 푸른 울타리는 봄에서 찬란한 변화의 모습으로 상징의 옷을 입고 있음이다.

B) 가을의 이미지

시는 감동을 만드는 일이라면 감동은 언어의 직조織造에 의해 만들어진다. 왜냐하면 생명이 없는 문자를 통해서 생명에의 체온을 만들 때, 비로소 상상이 만드는 위대한 여정이 시의 길이기 때문이다. 가을은 바람 그리고 점차 차가워지는 대지의 풍경은 붉은 물이 들고 이를 따르는 햇살은 갈수록 짧아지는 길이 이어진다. 만물은 분주한 준비로 길을 재촉하는 때라 모든 게 추수와 겨울 준비로 길이 이어지는 때의 특징은－ 요약하면 분주함과 스산함일 것이다. 그러나 조금선의 가을은 전혀 차가움과는 다른 이미지를 구축한다.

찬비의 누름

나무 밑에
찰찰찰 펼친 원앙침

나목 사이의 햇살이
대지 위를 사알살
세상사 애둘러 다독여

포곤포곤
한 필의 비단을 직조한다

- 「낙엽」 전문

가을은 조락凋落에 비극을 감지하는 때이지만 조시인의 시에서 가을은 오히려 '포곤포곤'한 '원앙침'의 따스함과 은밀한 사랑의 감수성이 파도를 탄다. 더구나 '나목裸木사이의 햇살이'포근함을 연상할 때, 더없는 사랑의 안온함이 느껴질 때엔 가슴 가득 차오르는 희망의 노래가 가을 하늘을 가득 채우는 느낌을 준다. 추운 느낌은 오히려 멀리 있고 포근함을 연상하는 낙엽과 햇살의 조화미는 만족할만한 생생함에 가을이 좋아진다.

5) 시조의 넓이 확장하기

앞에서 언급했지만 시조는 고려 중반 무렵에 나타난 우리의 토종 문학이다. 3장 6귀 45자 이내의 간결함에서 의미를 담는 그릇으로는 아주 적합한 민족의 성정性情을 담아왔다. 이는 우리의 정서와 친밀하다는 뜻이 개입된다. 일본의 하이쿠는 5.7.5인 도합 15자에 그들의 생각을 담았지만 정서의 펼침에는 아쉬움을 느끼는 시가 일본의 문학이라면 중국은 대하大河장강長江의 호흡이 긴 데서 풀어짐의 특징을 갖고 있다. 이로 보면 동양의 3국 중에 가장 적절한 호흡과 긴장의 이어짐을 우리문학의 특징으로 3음 중심에 담고 있다. 조금선의 시적 특징은 간결함에서 시조의 호흡도 맛깔스럽다.

가는 사紗
겹겹으로 손잡은
수 월 래

함초롬히
별빛을 사르고
바래어서

아련함
궁글려 피운 한소끔
희미한 연심

-「박꽃」전문

    시조의 특징을 살리는 일은 어미의 처리에 있다. 여백을 살리는 동양의 그림과 매우 유사한 기법이라야 한다. 서술형 종결어미 '다'로는 확신, 의미의 차단 등을 가져온다면 여백에는 진행하는 의미의 줄이 이어지는 상상의 효과를 누릴 수 있기 때문이다.

    별빛이 바래어서 흰 모습의 박꽃으로의 연상을 수줍게 자극한다. 더구나 '아련함'이라는 거리감에의 느낌이 다가들면, 오래인 시간을 견디면서 피운 연심戀心에의 순수와 손잡은 고요함이 매우 청초하다.

빨간 벽돌
절벽을 손톱 세워
부여잡고

세월의
서러움은 사치라
개켜둔 채

희망을
모지락스레 햇빛으로
담금질

— 「담쟁이 넝쿨」 전문

　시는 절망과 아픔에서 희망을 노래하는 길 만들기이다. 다시
말해서 시는 어쩌면 아무런 힘도 명예도 아닐 것이지만 아픔이
나 절망에 빠진 사람에게 한 편의 시는 용기와 힘을 주는 에너지
를 가지고 있다. 다시 말해서 꿈과 희망을 노래하는 감동에서 구
원救援의 메시지가 될 때엔 위대한 힘을 발휘할 뿐이다. 하여 시
를 문학의 앞자리에 놓는 이유가 여기에 있다. 무심히 넘기는 담
쟁이의 모습에서 삶의 길과 운명을 개척해야하는 이유를 발견하
게 된다. '희망'을 담금질하는 담쟁이의 행위와 표현에서 악착齷
齪한 삶의 길을 펼쳐야하는 이유와 기운을 받는 것은 독자의 몫
—시를 이해하는 사람만이 가질 수 있는 행운이라는 뜻이다.

3. 에필로그—상상의 독특과 표현의 압축미

　조금선의 시적 언어감각은 탁월하다. 특히 서정성의 부드러
움과 자아와 대상을 조화로 이끌면서 풍경화를 그리는 섬세함
과 솜씨는 일품이다. 더구나 언어의 직조에 번지는 묘미와 이를

탄력으로 이어지는 상상의 길은 그만의 독특한 시의 구상이면서 특징이다.

첫 시집의 길을 꾸준히 이어간다면 한국시단의 서정시의 독특한 기둥역할을 할 수 있을 터인데…….

앞으로 두고 볼 일이다.*

푸른 울타리

초판 1쇄 인쇄일	2017년 8월 22일
초판 1쇄 발행일	2017년 8월 23일

지은이	조금선
펴낸이	정진이
편집장	김효은
편집 · 디자인	우정민 문진희 박재원
마케팅	정찬용 정구형 정진이
영업관리	한선희 이선건 최인호 최소영
책임편집	문진희
인쇄처	국학인쇄사
펴낸곳	국학자료원 새미(주)

등록일 2005 03 15 제25100−2005−000008호
서울특별시 강동구 성안로 13 (성내동, 현영빌딩 2층)
Tel 442−4623 Fax 6499−3082
www.kookhak.co.kr
kookhak2001@hanmail.net

ISBN	979-11-87488-40-8 *03800
가격	10.000원

* 이 도서의 국립중앙도서관 출판예정도서목록(CIP)은 서지정보유통지원시스템 홈페이지(http://seoji.nl.go.kr)와 국가자료공동목록시스템(http://www.nl.go.kr/kolisnet)에서 이용하실 수 있습니다.(CIP제어번호: CIP2017017694)